거울은 알고 있을 거야

시와함께(Along with Poetry) 시인선 031

거울은 알고 있을 거야

홍정희 시집

시와함께 넓은마루

| 시인의 말 |

계절마다 바람은 다르게 분다. 다른 바람이라도 바람을 마주하고 서면 가끔 흔들리는 나를 느낀다. 때로는 몸을 기울게 만드는 거친 바람에, 쓰러졌던 나를 새롭게 일으켜 세웠다. 바람은 나를 세운다.

행복하기 위하여 시를 쓴다. 시는 건조하고 경직되었던 나의 삶에 큰 위로가 되었고, 시와 눈을 맞추면 마음이 설렌다. 가슴 속에 시가 가득 찰수록 나를 소중히 여기고 사랑하는 보람을 느낀다.

삶의 모든 것들이 시의 소재가 되었다. 새롭게 인식하고 새롭게 해석하고 어루만져 여기에 풀어 놓았다.

나를 사랑하시는 하느님께 감사드리며, 이 시를 읽는 모든 이들이 행복하기를 빈다.

2024년 5월

저자 홍 정 희

| 차례 |

제2부 어떻게 못 본 체하랴

제3부 가을나무

제4부 화살기도

제1부

겨울비

쑥부쟁이

비바람 맞으며
바위 틈에 피어 있는
보랏빛 꽃들이 가슴시리다.

어머니 양로원 마당에 남겨두고
자꾸 되돌아보는 나에게
어서 가라 손짓하는 키 작아진 어머니.

사랑으로 자식 키우고 나면
젊음은 어느 먼 산천에 가서
저 혼자 어둑해지는가.

언젠가는 나도
모든 것 다 주고도 기억 못 하는 어머니처럼
조그맣게 서있게 되겠지?

가슴 무너지며
혼자 거센 물결에 쓸려가는 내 앞에
적막이 자리를 펴는데

바위틈에 피어 바람 타는
저 가녀린 쑥부쟁이
누가 손잡아줄까.

날고 싶다

밤새 드나들던 비 그치고
후줄근히 젖은 벚나무 낙엽들
나무 발치에 모였다.
구름을 벗어난 햇볕이
낙엽들을 어루만진다.

낙엽은 바람이 불 때마다
몸을 들썩인다.
지난여름 무성한 초록의 시간을
이젠 추억에 두어야 하리.

까치 한 마리
높은 나뭇가지에 날아 앉아
혼자서도 먼 곳을 향해 지저귀는데
나는 무슨 가지에 앉아
목청을 높여 볼까.

바람이 분다.

햇볕에 마음 덥힌 낙엽들

한 번 더, 한 번 더

몸을 들썩인다.

실타래

이렇게 얽히고설킨 실타래는 처음 보네.
꼬일 대로 꼬여 꼬투리가 보이지 않네.

형광 불빛에 혼자 앉아
이 책 저 책 뒤져보지만
어디서부터 손을 대야 하는지
가르쳐주지 않네.

뒤뜰에 우는 저 새는
무슨 실타래에 얽혀들어
밤 깊은 줄 모르는가.

사는 일 침침해 밤길을 더듬는다.
어느 날 갑자기
앞이 트이기도 한다는데

지금 안 풀린다고 혼자 앓지 말고

먼 곳을 보자.

먼 곳을 보자.

어둠 뒤에서 기다리는 새벽을 보자.

희망

이놈의 슬픔은 언제 끝나나?
슬픔에도 끝은 있겠지.

억새밭 절며절며 벗어나도
슬픔은 태연히 길게 누워 있었다.

물기 없는 이파리처럼
꼬이고 쪼그라든 가슴
붉은 해는
나의 두려움 아랑곳 하지 않고 산을 넘었다.

거뭇거뭇한 땅거미 속에
마른 바람 서성대는
긴 밤이 지나면
눈부신 햇살 찾아오겠지.

내 눈시울 어루만지는
저녁 하늘이 드넓다.

새벽 달

새벽녘이 되어도 꺼지지 않는 상현달,
긴긴 밤 보냈지만
아직 할 말이 남았느냐.
낯빛이 허옇다.

살아오면서
속에 끓는 말 차마 내뱉지 못하고
눈물로 베개 적시며
얼마나 많은 날 홀로 앓았던가.

삶이 흔들릴 때마다 넘어져도
굳건히 일어나고
끝인 듯 와르르 꽃잎 다 떨어져도
뿌리 움켜쥐고 버틴 나날들.

날이 새자
어느 틈에 자취 감춘 달은
내일은 어떤 얼굴을 하고 오려는지?

겨울비

이 비 그치면 봄이 올까?
메마른 가지에 겨울비 내리면
봄이 온다 했건만

비는 멈출 줄 모르고
추적추적 내리는데
추위는 언제 물러갈 것인가.

공허한 어둠 속에
길게 누운 거리는
풀어 놓은 허리띠 같다.

고요함과 침묵으로 이어지는 날들
지루하다 못해
어제가 오늘 같고
내일이 또 오늘 같다면
봄은 와서 무엇하리.

온 몸을 드러낸 앙상한 나목들이
가슴 속까지 찬비에 젖은 나와 함께
나란히 서있다.

당신

그대는 새 세상이었다.
사방이 다 꽃밭이었고
꽃들은 쳐다만 보아도 눈물겨웠는데

진실의 시간 떠난 후
나에게 던져진 아픔의 무게
절망과 외로움으로
수렁 속에 허우적댔다.

깊어가는 가을밤 맥 놓고 앉아
눈물 훔쳐 흩뿌린 뒤에야
간신히 가슴 깊은 곳이 닫혔다.

이제 그대가 다시 나에게 오려면
삭아버린 외나무다리
새로 놓고 와야 할 테지.

새 봄에 꽃 피고 나비 날면
혹시나 하여
나는 걸음 멈추고 뒤돌아 볼 테지.

떠돌이

명자 꽃망울 활짝 터트리더니
허리춤 붙잡듯 베란다 문 흔들며
너는 왜 부는가, 바람아.

밤이 깊어 갈수록 파도 밀고 오듯
숨 몰아쉬며
꽃가지 흔들어대는 너를 두고
나는 쉽게 잠들지 못한다.

애꿎게 떨어진 꽃잎들 어떻게 하라고,
먼동이 터오자
숨소리마저 죽여 말이 없는 떠돌이.

애초에 인연이 아닌 듯
사방 기웃거리다 떠나는 너에게
나는 더 이상
마음 두지 않겠다.

그림자 사랑

나는 그림자,
어디든 갈 수 있지만
주인 허락 없이는 나설 수 없다.

사랑하는 그의 주위를 맴돌며
혼자 아름다운 꿈 꾸고
혼자 슬픈 이별을 하여도
그는 까맣게 모른다.

나와 같은 그림자들 모여
마음 갈피에 접어 넣은 이야기들 꺼내
아픈 소외 달래 봐도
그는 나를 기억하지 않고
아쉬워하지도 않는다.

나 혼자 그를 사랑하고
그를 그리워하는 한
나는 영원히 그의 그림자.

쉼표

여기까지 오는 동안 무심세월無心歲月
며칠이나 될까
산 아래 오래된 정자에 앉아
나를 들여다본다.

눈을 쓰고 막막히 서있는
저 헐벗은 나무를 닮은 나,
그림자마저 앙상하다.

커피 잔에 먹물 부어놓은 듯
쉼표 없는 삶.
무거운 짐 가득 지고 힘겨웠던
슬픔 같은 거, 그리움 같은 거
저 강에 주고 말자.

햇살 풀리면 봄이 올 것이다.
내 앞에 많은 날들

가지 무성해지는 푸른 날들이 남았다.
나를 들여다보는 마음 여기저기
흩어져 있는 쉼표들을 찾는다.

벼랑

한바다에서 너울너울
산발하고 달려오는 파도는
깎아지른 벼랑을 들이받고
분이 안 풀리면
더 거칠게 들이받는다.

시퍼런 물속은
바닥이 보이지 않고
벼랑 위 깡마른 소나무는
저 혼자 깊은 생각에 잠겨있다.

집을 짓지 못한 파도는
잠시도 쉬지 않고 달려들어
산산이 부서지기만 하는데,

속으로 속으로 분을 삭혀온 나는
벼랑 소나무처럼 깊은 생각에 잠겨
애꿎은 모래만 헤집는다.

눈물

누가 나에게
아프냐고 물어주면
그게 너무 고맙다.

남이 울면
내 설움에 겨워 따라 울고
그때마다 나는 흥건흥건 젖었다.

이 나이 먹도록
걸핏하면 맺히는 눈물.

빗물과 함께 고이는
정지된 시간 속 항아리.

내 회한을 담은
눈물샘이 되었다.

세월 지난 뒤

새까맣게 타버린 그리움
허공에 풀풀 날아다닐 때는
어느덧 사월 하순이었다.
느닷없이 내 앞에 나타난 너.
떠날 때는 언제고
왜 다시 돌아 왔는가.

오래 전,
네가 떠난 어둔 길목에 서서
망연히 두 손 늘어뜨린 채
아무 말도 하지 못했다.

다시 만나 나눈 긴 이야기.
절망과 외로움으로 뭉쳐진
설움 속에 헤어진 반복 된 이야기들.
세월이 지나도 안 바뀌는 언행 때문에
우리는 헤어질 수밖에 없었다.

발버둥 친다고

행복해지는 것은 아니지만

꼭 그렇지 않다고 어떻게 단정하랴.

한 번 발버둥이라도 쳐보자.

지는 꽃

더 이상 빠질 물기 없다.
비틀린 진홍 꽃잎 사이로 보이는 하늘
슬프도록 파랗다.
꽃이 져야 열매를 맺으니
어찌 지기를 마다하겠는가.

두려움에 가득 찬 가슴 열어
하늘 향해 두 손 펼치니
붉은 해는 기다려주지 않고
어느새 달이 둥실 떴다.

꽃이 피고 지는 건 순식간
꽃은 다시 오니 아파하지 말자.
눈 뜨고 있어도 꿈꾸듯 지나
낙화도 개화도
영원한 것은 없다.

담쟁이

사는 것이 쉽지 않다.
악착같이 벽에 달라붙어
기를 쓰고 기어오른다.
그 힘은 생각보다 세다.

뒤 따라 가던 녀석,
앞에서 머뭇대는 녀석의 등을 타고
냉큼 더 높이 벽을 기어오른다.

더 이상 기어오를 데 없으면
허공에 헛손질하다
수양버들 마냥 늘어져
바람에 흔들흔들 지내는 신세.

벽에 달라붙어 살지 않으면
이 악물고 기어올라도
너나 나나 다,
사는 것이 쉽지 않다.

메밀꽃밭에서

누구에게 잘 보이려고
이 많은 꽃 만들었나.

사람들은 그냥
메밀꽃이라고 생각할 뿐
가까이 다가서지 않는데.

바람에 살랑대며 흔들리는
흰 꽃의 유혹에 넘어가는
나비 한 마리 보이지 않는 꽃밭.

향기라도 좋으면
얼마나 좋으랴.
비 맞아 퀴퀴한 빨래 냄새,
누가 좋아하랴.

멀리 떨어져서 보아야
무리로나 아름다우니
메밀꽃 인생이 그러하듯
나 또한 무리에 끼어 살아갈 뿐.

체념

가슴 뚫고 지나간 사랑
꿈길 더듬어 찾아갔지만
산이 높고 강이 깊었다.

초록의 구름 밟고
천년을 건너갔지만
역류에 떠밀려
순식간에 제자리로 돌아올 뿐.

어디로 가든 마지막에는
돌아올 수밖에 없나 보다.
돌로 눌러 재운 그리움 꺼내
산에 버리고 강에 버린다.

그러나 희망은 있다

내 짊어진 짐 무거워
슬며시 눈물이 배어난다.
인생행로에 내 짐만 유독
무거운 것이 아닐 터인데.

나는 지금
어느 고개에 다다랐는지
숨이 찬다.

사람이 가는 길
하늘이 가는 길
안개 이슬 가려진 갈림길에 서서

무거운 짐 진 채 앞을 보고 뒤를 본다.
고개가 높다.

신나무

둔덕에 버티고 선 신나무
귀를 에는 바람에
앙상한 가지 내맡긴 채
언 냇물을 내려다보고 있다.
무엇을 보고 있는가.

연노랑 예뻤던 꽃시절
탐스런 열매에
붉게 물들던 때가 그리운가.
꽃그늘에 찾아와
눈물 쏟고 간 여인을 추억하는가,

멍청한 낮달의 침묵 속,
봄은 멀고 매서운 바람만이 삭막하게
헐벗은 나무 쓰다듬고 있다.

제2부

어떻게 못 본 체하랴

모기 물린 자리

와락 안기고 싶은 바다.
가로지르는 배 꽁무니에
하얗게 따라 붙는 물보라는
내 속처럼 부글거렸다.

사방 어디에도 내 편은 보이지 않고
파도에 흔들리는 초록 등대도
나처럼 혼자 서 있었다.

잘난 남자는 찾아 올 기미 없고
후딱 정오가 지나갔다.

푸른 바다에 냅다 소리 질러도
바다는 마냥 태평이었다.
간밤에 모기 물린 자리만
더 쓰리고 가려웠다.

떠나와서

나는 그들을 떠났다.
오래 벼르던 일이었다.

내가 왜 떠났는지
누구도 궁금해 하지 않았다.

연민과 좌절, 아픔을 감추고 살아온 날들은
내 시간이 아니었다.

지난 일
바람에 훅 날려 보내고
옷깃을 여미니
찡그리고 버틴 세월 마냥 아파할 것은 아니었다.

이젠 아파하지 않는다.
사방 툭 트인 길이 앞에 있다.

어떻게 못 본 체하랴

석양은
갈대 머리 붉게 물들이고
서산에 얼굴을 묻는다.

스산한 어둑살에 눌려
발 묶이고 입 다무는
오늘 하루.

사람 앞에 나서는 큰 길은
내 것이 아니어서
슬며시 돌아서서 마음 다독이는데.

살을 에는 이 바람은
어디서 불어오는가.

남은 저녁에
더 가야 할 길들
어둑살에 뒤채지만,

더듬어 갈수록 끊어지며
쉼 없이 아파하는 것들을
어떻게 못 본 체하랴.

지루한 시간이 흐르는 지금
어깨를 짓누르는 길들을
그만 내려놓아야겠다.

접시꽃 유감

하늘 높은 줄 몰랐나.
눈만 뜨면 꽃대를 키워 온 접시꽃.

아파트 1층 베란다 앞을 막고
곧추선 줄기의 잎사귀 사이사이로
빨강 분홍 하양 꽃들을 달았다.

미인대회 아가씨들처럼
줄줄이 서서
사람들 시선 온 몸에 받으며
누가 더 잘났는지 내기하는 것 같았다.

폭우 쏟아지던 밤
세찬 빗줄기에 허리 꺾이고
꽃대에 남아 시들은 꽃들은
인부 손에 사정없이 잘려 나갔다.

이제 나 혼자

텅 빈 꽃자리 어루만지며

한 시절 빛내던

꽃의 잔영들을 맞춰본다.

정면正面

당신 앞에선
늘
숙제 검사받는 아이였다.

들녘에 봄이 오고
한 여름 찌는 더위 기승을 부려도
속마음 드러날까
돌로 눌러 재우기 바빴다.

한 호흡 들이마시고
온 몸에 힘주어 한 호흡 더 들이마시며
책상 뒤에 숨어서
당신을 엿보기만 했다.

하지만 긴 겨울은 갔다.
이제 나는 당신의 정면에 서겠다.
그동안 당신은
나의 정면에 버티고 서있지 않았는가.

빗속에서

차창에 빗줄기
수직으로 금을 긋고
빗소리는 끊임없이
달리는 바퀴에 감깁니다.

수직을 잃고
깨어지는 빗방울 낱낱은
나를 떠나는 시간들의 파편.

파편들이 모인 도랑에는
세차게 흐르는 물소리
적막을 헤집고 들려옵니다.

험한 세상에

힘에 부쳐 계단에 주저앉아 있을 때
무심한 사람들
눈길 한 번 주지 않았지만
그는 나를 부축해
간신히 바로 서게 해주었습니다.

이렇게 추적추적 비 내리는
밤 늦은 시각
버스 정류장에 우산 들고 나와 기다려주고
늦깎이 공부하는 내가 힘들어 할 때
아이들 밥 먹여 학교 보내고
밤새 병석의 나를 지켜주었습니다.

계단에 주저앉는 날 다시 찾아온다 해도
나는 두렵지 않습니다.
가슴에 온기 가득한 그가 있어
남은 길도 멀리 보고 걸을 수 있습니다.

팔자八字

엉킨 실타래 풀어보겠다고
천막 안 점쟁이와 마주 앉았다.

똑같은 행색의
둥그렇게 허리 굽은 나와 사주 보는 그가
놓친 운을 거머쥐려 열심히 패를 들여다본다.

잘하면 대박, 잘못하면 쪽박이라고
행여나 했던 기대 못 미쳤지만
지폐 한 장 마지못해 꺼내주고

뒤뚱거리며 나오는 등 뒤에 들리는 말.
“행복하게 사시우.”
돈에 침 뱉으며 웃는 소리.

허리춤 높이 끌어당기며
올려다본 하늘
어제나 오늘이나 그날이 그날이다.

길을 걷는다

3년을 내리 아팠다.
똑바로 서 있으려고 하면
비명이 절로 났다.

앞에 나있는 길들은 어둡고
때로는 너무 아파
모든 길 다 지우고 싶었다.

사람들은 알지 못했다.
알려고도 하지 않았다.
나의 고통이 아무렇지 않은 척
애매한 미소만 지었다.

치유를 위한 연습과 함께
날마다 기도하며
걷고 또 걸었다.

오늘 햇빛 가득한 길
보는 것마다
더없이 아름다운 풍경들.

지나가지 않는 일이
힘들다고 함부로 버릴 것도 아니고,
앉아서 슬퍼하고 괴로워만 할 것은
더 더욱 아니라는 것을 깨닫는다.

동네 길

빗속에 바람 길 따라 걷다가
인적 드문 골목을 만났다.
이십 년 넘게 산 동네에서
이리 낯선 길을 만나다니.

누가 등짝을 민 것도 아니었는데
바쁘게, 앞만 보고 다닌 것도 아니었는데
미처 보지 못한 것이 있었구나.

돌멩이 툭툭 차며 걸어도
누가 뭐라 할 사람 없고
낯익은 나무들 무성한 길에서
정말이지 이렇게 낯선 길을 만나다니.

살다보니
이런 예기치 않은 일로 가슴 벌렁거려
발을 멈추고
우두커니 혼자 서 있게도 되는구나.

여우비 오는 날

햇빛 쨍한 날
갑자기 비가 쏟아지네.

재 너머 마을에 사는
여우 색시와 호랑이 신랑 혼례한다고
동네 사람들은 분주히 뛰어 다닌다네.

순식간에 올린 예식이지만
둘은 행복할거야.

어디에 신방 차리는지
동네 사람들은 여우비 내리는 날마다
신혼집 찾아 헤맨다고 하네.

시詩

하늘 한가운데 박혀 있던 그대는
바람에 실어 보내는 내 목소리 듣고
번쩍 눈을 떴다.

오랜 침묵 깨고
긴긴 갯벌과 모랫길 지나
바위들 넘어
나를 향해 성큼성큼 걸어오는 그대.

오래도록 그리워 아파했던 날들
어루만지는데
가까이 다가와 내 손을 덥석 잡는다.

혈관을 타고 흐르는 기쁨과 불안에 떨며
나는 너의 말을 받아 적는다.

빨간 지갑

친구가 선물로 준 지갑
빨간색이어서 더 좋았다.

비록 많은 돈 넣지는 못했어도
보고 또 보고 만지며 기뻐했다.

기쁠 때나 슬플 때도
나의 가장 좋은 친구이자 분신 같던 지갑.

어디서 잃어버렸는지 모르는
갑작스런 이별.
좋아한 만큼 아쉬움이 컸다.

시간이 지날수록
함께 다녔던 일들이 스쳐가고
미처 말 못했던 이야기와 서운함이
가슴에 파문을 그린다.

거울은 알고 있을 거야

키 크고 차분한 그는 늘
내 속도에 맞추어 걷는다.
계단 내려갈 때에는
두어 칸 먼저 내려가 돌아본다.
내가 넘어지기라도 하면
나를 받혀주기 위해서란다.

나는 조그마한 돌부리에도
삐끗 발목을 접지르고
울퉁불퉁 길에서는 발 헛딛고
엎어지기 일쑤다.

거울 보면 너무 멀쩡한 나.
그와 같이 걸을 때는
왜 자꾸 균형을 잃는지
아마 거울은 알고 있을 거야.

폐염전 풍경

주인이 버리고 간 소금밭에
비가 내린다.
구슬 땀 흘리며 소금물 엎고 또 엎는
가래질하던 인부는 어디 갔나.
지게에 소금 지고 나르던 인부도
사라진 빈터.

소금 바위같이 굳은 들판은
붉은 함초와 띠풀들 차지.

문짝 떨어진 소금 창고에
제멋대로 집 짓고 사는 거미들과
낡은 나무 벽에 쓰러져 기댄 물레방아가
묵은 기억 속에 갇혀있다.

비 그친 빈터에 고인 물엔
햇빛이 무수히 반짝이고 있다.

비 오는 날

이 빗방울
하늘이 흘리는 눈물이라면
옷 젖은들 어떠랴.

빨갛게 타는 숯덩이
비맞고 피식피식 꺼져가듯
점점 사그라드는 젊음.

이젠 덜 여문 상처 보듬어
어깨동무하고 걸어야 하리.

비 맞아 사그라든 숯불 살려
몸 말리고 마음도 말리고
가는 길 솜털구름 데리고 가야지.

새벽길

창밖을 내다본다.
새벽 어둠속 골목을 한 중년이
바삐 걸어가고 있다.

이웃 집 개가 갑자기 짖어댄다.
그러든 말든
인적 없는 골목을 걷는 걸음이
새벽을 끌고 간다.

도착지가 어딘지 알 길 없지만,
골목 끝 가로등 불빛 환한 건널목에 서면
유난히 매섭게 부는 바람에
절로 어깨가 움츠려질 것이다.

가는 걸음 잠시 멈춘 정류장 길에는
그 남자를 닮은 사람들 태운 차들로
오늘 하루 가야 할 길을
태우고 올 것이다.

어떤 빈소

늙은 어미를 두고
그는 혼자
영정 속에 들어가 웃고 있다.

곡소리가 들리지 않는다.
간간히 멀리서
낮은 웃음소리만 들릴 뿐.

빈소를 지키는
남동생 여동생 아들과 딸은
영정 속 남자가 얼마나 미운지
무덤덤 말이 없다.

딸의 지인들이 찾아와
손을 잡고 위로하자 딸이 운다.
주름투성이의 남자
느지막이 혼자 와서 운다.

아마 친구겠지?

적막이 감도는 빈소에
딸과 낯선 남자 두 사람이라도 와서 울어주니
얼마나 다행인가.

나의 빈소에는 몇이나 와서 울어줄까?

까마귀 울음소리

묵묵히 버티고 서있는 고목가지에
새잎이 돋아날 때,

굽이굽이 비탈진 산등성이 돌아
힘겹게 올라가는 영구차.
말을 잃은 상주들의
감은 눈이 무겁다.

마른 가지 위 큰 까마귀
차 소리에도 아랑곳없고
조각구름과 제비꽃이
상주들을 맞이한다.

인부들이 파놓은 묘자리에
하관하고 흙을 덮자
상주들이 난생 처음인 듯
통곡하며 몸부림친다.

해는 서산에 걸리고
사람들이 서둘러 돌아간 뒤
제비꽃 옆 차디찬 땅에
나만 홀로 서있다.

적막 속 바람에 실려 오는
까마귀 울음소리 길다.

봄볕

있는 힘 다해 도망쳐도
그녀를 미워하는 마음은
끈질기게 따라다니며
주위를 맴돌았다.

언제 용서해줄 것인지
파도까지 몰고 와
노골적으로 졸라도
나는 항상 고개를 돌렸다.

오늘, 봄기운에 눈부신 옥빛 바다와
푸른 하늘에 떠있는 구름을 보고도
미워하는 마음 내려놓지 못해

그동안 쌓인 갈등과 증오
푸른 풀잎을 어루만지는 봄볕에 내다 말린다.

제3부

가을나무

샛별

까맣게 잊었다 해도 가슴은 안다.
먹먹한 그리움 하나
흙을 밀어 올리는 새싹처럼
잠들 줄 모르고 문득문득 고개를 쳐든다.

하늘을 수놓았던 꿈들
푸른 야생의 시간마저 저물어 적막한 산골.
어스름 속에서도
한창 가을을 웃는 저 들국화 얼굴 보면
먹먹한 그리움을 두고
마냥 슬퍼할 일 아니다.

검푸른 하늘에 막 돋는
초저녁 별 하나.

아픈 인연

산 아래 둘레길 푸른 물가에
외로이 꽃대 세운 한 그루 꽃무릇
마침내 활짝 꽃을 피웠다.

물속에 비친 초조한 꽃송이
초록 이파리들 보고 싶은 가슴앓이에
마냥 붉게 타는데,

더 타오를 빛 없는 꽃잎들을
짓궂은 바람이
마구 흔들어댄다.

그리운 잎은 언제 피려나.
더운 여름 가고 가을도 지나는데
이 긴 기다림에 언제 잎 피려나.

가을나무

다가오는 겨울이
두려운 게 아니다.
풀 먹인 듯
빳빳한 미소의 푸른 잎이
바람에 시달리다
끝내 단풍들어
나그네 길 떠나는 날
서러워하지 않았다.

잎들 떠난 가지에
파랗게 걸린 하늘
미련 담고 체념 남은
목마른 가지 끝에
마지막인 듯 빨간 열매 매달아
선운사 가는 길
환하게 열어 주었다.

사랑

겨울 가고 어느덧
마른 나뭇가지에 눈을 틔운 바람.
영롱한 꿈같은 꽃으로 피었다.

볼수록 더 보고 싶고
갈수록 더 멀리 가고 싶은
끝을 알 수 없는 여행길.
마음이 먼저 날아가 머물고 싶은
향기로운 꽃밭.

꿈 깨기 전에는
아, 폭풍우 만나기 전에는
전 생애를 걸고 인내하는 세상을
나는 보았다.

나도 꽃

할미꽃은
꽃망울 때부터 늙어 보였다.
허기져 허리 꺾인 듯
땅에 고개 숙인 채 살았다.

꽃 피어도
누구한테 예쁘다는 말
들은 적 없는 젊은 시절.

나그네도 흘깃 보고 지나가
꽃목이 무겁고 서러운 듯
이리저리 흔들리며 내젓더니,

나도 꽃이라고
마지막으로 허리 꼿꼿이 세우고
도도하게 하늘을 향해
활짝 웃네.

미련

당신은 그해 눈 오는 날 저녁
나에게 왔다.

사방에 환한 빛으로 설렘 담아
넉넉하고 푸근하게.

물결처럼 넘실거리며 왔다가
어느새 물결처럼 떠나갔다.

함께 다녔던 길에는 낙엽이 쌓이고
이제 눈 내려 세상은 하얗게 덮이는데.

옛일이 덮이지 않는 것은
넘어지는 나에게 내밀어주던 손을
뿌리치지 못했기 때문인가.

내 손이 아직 허전하기 때문인가.

허수아비의 외침

여태 기억합니다.
당신을 처음 본 순간
이미 사랑하고 있었다는 것을,

비바람 몰아쳐도
뻗대고 서있을 수밖에 없고
혼자서는 나아갈 수 없다는 것을,

때론 스쳐 지나는 바람에
온 몸 맡겨 위로를 받아 보았지만
알게 모르게 지은 죄 부끄러워
모자를 덮어 써야만 했습니다.

오랜 시간 내리쬐는 햇볕과
비바람에 시달리다
당신을 향해 울부짖으며 탄식할 때
들려오는 목소리

"나는 너를 언제나 사랑한다."

눈보라 진저리치게 내리던 날,
먼 길 달려와
내 젖은 몸 빼내어
품에 꼭 안고 떠나소서. 주님.
저의 하느님!

악몽

온갖 길 온갖 계단
오르내리며 도망 다녀도
뒤를 쫓는 발자국 소리는
끊임없이 따라 붙었다.

극도의 공포와 두려움이 나를 덮치고
어디선가 누가 내 이름을 불렀다.
안간힘 다해 대답하려 해도
목소리가 나오지 않았다.

더 나아갈 길 없어 추락하는 절벽
흐릿한 시야에 느닷없이
검은 새떼들이 날아오르고
앙상한 나뭇가지들이
사방에서 툭툭 부러졌다.

간신히 잠을 깼지만
나뭇가지 부러지는 소리는
귓바퀴에 감겨 풀리지 않았다.

탄식

나는 달팽이.
풀숲이 그리운데
아파트 베란다 화분에 사는 몸
사람 눈이 겁나 그늘로 그늘로만 숨어 다닌다.

달이 뜬 불면의 밤에는
먼 어디 풀숲에서 아스라이 들리는
풀벌레 친구들 추억 쫓아
그리움에 젖은 길 더듬는다.

나는 외롭고 느리고
성큼성큼 걷지 못하지만
그리워하는 마음은 버릴 수 없구나.

선 자리에서 기척 없이 잠들려고 해도
스치는 바람에 깜짝 놀라
사방을 두리번거리는
정처 없는 무지랭이.

나보다 낫다

베란다 창문 열자
와락 찬바람 들이닥쳐
서 있기조차 힘들다.

지난 가을에
꼿꼿이 꽃대 세우던 화분 장미
무슨 약속이라도 있는 듯
꿋꿋하게 서서 빨간 꽃망울을 달았다.

오늘 아침, 하얗게 성에 낀 창문 아래
앳된 꽃봉오리 활짝 피어
내 흩어진 마음을 불러 모은다.

친구한테 속상해 연 사흘
축 처져 있는 나 보란 듯이
제 할 일 하고 있는 싱싱한 장미.

나보다 낫다.

깨달음

나의 글을 비판하는 소리에
나를 담아온 컴퓨터를 내다버렸다.
갑자기 머릿속이 하얘졌다.

십 수 년, 내밀한 사연까지 담아 온
인생 상자를 내다 버린 마음은
급류를 타고 나를 변방에 던졌다.

비우면 채울 것이 생겨야 하는데
먹구름 앞을 가리고
나는 혼자 울분만 삭혔다.

그리고는 2년이 지난 겨울
눈 오는 날.
등 뒤로 한줄기 환한 빛이
나를 비추고 있는 것을 보았다.

빛이 희망이라는 것을 깨달았다.
나를 보고 싶어 하는 친구들과
기다리는 사람들이 있다는 것도.

꿈이라 할지라도

화사하게 핀 들장미 틈에
일찍 시들어 말라비틀어진 꽃 한 송이.
문득 네가 보고 싶어
나도 모르게 눈이 감긴다.

생각지 않게 훌쩍 떠나
못내 그립고,
바다 빛에 내 눈이 파랗게 젖은 순간에도
너의 꽃빛 지워지지 않는다.

네 사는 자리 너무 멀고
작은 불씨조차 없는 먹빛 어둠 속이더라도
네가 손짓하면 어디라도 달려가리라.

살면서 만난 사람들
다 인연이 아니었듯
이승에서 채우지 못한 너의 슬픈 사랑.

잊어야 하는 줄 알지만 못내 그리워
네가 떠난 겨울이 오기 전 꿈에서라도
꼭 한 번만 만나 봤으면 좋겠다.

감귤

귤을 보면 떠오른다.
모임에서 나를 알아보지 못해 미안했다며
살며시 코트 주머니에 넣어주던 귤 하나.

껍질을 벗기면 드러나는
꽉 찬 속살처럼
귤 하나에
그녀와 나의 새로운 공간이 드러났다.

마스크를 벗어도
과거의 내 얼굴을 잘 기억할 수 없이
지나간 세월들.

떠나간 이는 하루하루 멀어지고
잊혀진 것은 아릿함을 동반하지만
이렇게 서로 잊고 다시 기억하면서
우리는 각자
자기 공간을 만들어 간다.

건망증

열쇠가 필요 없다.
비밀번호 누르거나
스마트키를 갖다 대면 열린다.

이 스마트키 하나면
비밀번호 외우지 않아도 된다.
이제 현관문 열지 못할 이유가 없다.

그런데 에구머니나,
조간신문 찾으러 나갔다가
뒤에서 잠긴 현관문. 이를 어쩌나.

당신 미워 얼굴 째려보듯
조간신문 손에 쥐고
잠긴 문만 째려보았다.

콩닥콩닥

그대가 웃으면
따라 웃는 마음
그대가 찡그리면
숨이 멎는다.

내 몸은 언제나
그대를 향해 있고
내 눈도 그대를 향해
해바라기처럼 움직인다.

햇빛 환한 오늘도
그대는 나를 죽였다가 살리는데
나는 군말 없이
그대를 살려 보낸다.

악몽 다음

식은땀 흘리는 새벽 꿈속에서
나는 날개 떨어진 작은 나비였다.
나를 뒤쫓아 오는
낯선 친구들이 몰고 간 벼랑 끝에서
발이 얼어붙어 꼼짝달싹
할 수 없었다.

천길 벼랑 아래는
깊이를 잴 수 없는 암흑천지
소스라쳐 깨어 일어났다.
추락하지 않아서 얼마나 다행인가.
창에 걸린 환한 달을 보고
안도의 가슴을 쓸어내린다.

없는 번호

바람 불고 낙엽지고
냇물은 저만치 나를 떠나는데
나는 우두커니 물가에 서있네.

지난봄 서랍에 넣어둔
옛 휴대폰 번호에
전화를 건다.

지난 십여 년,
궂은 일보다
좋은 일이 더 많아 정들었던 너.
통화는 안 되어도
너의 컬러링이나마 듣고 싶었다.

컬러링 대신 나오는 건조한 여자 목소리
"지금 거신 전화는 없는 번호입니다."

시간이 지나면 꽃도 지기 마련
안 되는 줄 알았지만
그래도 그때가 잊히지 않는다.

봄을 기다리며

눈송이 희끗희끗 흩날리던
산비탈에 주저앉아
짐승처럼 울던
바싹 마른 해바라기.

가슴 첩첩이 서러운 사연 접어
휘청거리며
길 아닌 길 떠난 너.

겨울에는
빨간 벨벳 바지 차림으로
내 마음 헤집고 들어서던 너.

어서 봄이 와서
푸른 풀포기 밟으며
활짝 웃고 오는 너를
보고 싶다.

봄이 왔다

해오라기들이 갈대밭 저편으로 날아간다.
구름보다 높이 날아도
하늘에 닿을 수 없다는 것을
저라고 모르지 않겠지.

산을 넘어 온 간들바람이
나의 볼을 어루만지며 지나간다.
눈 감고 가슴 펴고 두 팔 벌리고
깊게 숨을 들이마셔 본다.

얼어붙은 땅의 겨울 그림자가
봄 햇살에 녹은 흙냄새에
산수유가 노랗게 꽃을 피웠다.

가슴앓이 하던 아지랑이는
목을 길게 빼고
새끼 새를 데리고 날아올
공간을 쳐다본다.

제4부

화살기도

화살기도 1

성령의 지혜를 구할 때마다
기도를 한다.
땅에서 하늘에 닿도록 화살을 쏜다.

염원을 담아 끊임없이 쏜 화살.
사심없이 진리에 가 닿기를
그리하여 주님과 함께 하는 삶에 가 닿기를
간절히 바란다.

주님! 당신께 맡기오니,
당신 사랑과 영광이 드러나게 하소서.

화살기도 2

주차장에 갔다가 기겁을 했다.
자동차 지붕에 희고 검은 새 똥이
물감 뿌린 듯 어지럽게 떨어져 있었다.

위를 올려다보니
키 큰 나무는 푸르고 평화로운데
아침나절 새들이 유난히 시끄럽게 지저귀더니
아마 저 가지에서 똥 싸는 내기를 했나?

물걸레로 닦아도
버블 세차를 해도 얼룩이 남았다.

하느님! 아이들과 손자들 똥 다 치우고 나니
이제 새똥을 치우네요.
새들이 미워도, 몸 가볍게 잘 날아다니게 해주세요.

화살기도 3

부엌으로 바삐 가다
문득 멈춰 섰다.
뭘 하러 왔지?
도통 생각이 나지 않는다.

다시 돌아서 가보지만
거짓말처럼 까맣게 잊었다.

괴로운 기억이야
잊어도 그뿐이지만
뭣 하러 여기 섰는지 모르면
이건 예삿일이 아니다.
이러다 나를 잊어버리면 어떡하지?

주님! 다 잊어도 저만은 잊지 않도록 해주소서.

화살기도 4

빗속에 서현역 가는 길.
길가 펜스에 흰색 하트 등이 반짝인다.
우산 쓴 중년 남자가
작은 꽃다발 세워놓고 말없이 돌아선다.

얼마 전 흉기난동 사건 때
범인 차에 치어 세상 떠난 여인
추모하는 꽃다발이다.

주님! 저 꽃다발을 세상 떠난 여인이
뜨거운 가슴으로 받게 해 주소서.

화살기도 5

먹구름 하늘을 밀고 오더니
갑자기 천둥 치고
후드득, 유리창 두드리는
굵은 빗방울.

비 그치자 눈에 보이는
허리 꺾인 나리꽃 하나.

아이고, 하느님! 가늘고 긴 허리라고 뽐냈는데
장대비에 꺾였으니, 제발 한 번만 더 살려주세요.

화살기도 6

미사 시간, 앞 자석에 앉아 있는
가족의 뒷모습이 정겹다.
두 부모 사이에 앉은 남매
대 여섯 살이 되었을까?

봉헌 예식 중에 갑자기 아이들이 몸싸움을 하자
부모가 놀라 둘을 뜯어 말렸다.
여동생이 오빠에게 마구 달라붙고
떼어 놓으면 다시 달라붙어 옥신각신.

미사 끝나고 나가는 길, 초조해 하는 부모와 달리
둘이 손잡고 언제 싸웠냐는 듯
환히 웃으며 뛰어간다.

사랑의 주님! 싸우면서 크는 애들처럼,
싸우더라도 금세 앙금 털고
같은 편이 되었으면 좋겠습니다.

화살기도 7

한치 앞이 보이지 않는 어둠 속
두려움이 온 몸을 휘감았다.
시간이 흐를수록
초라하고 암담했다.

두 손 들어 허공을 휘저어도
아무 것도 손에 닿지 않았다.
암흑 속은 공포의 영역이었다.

한때 죽고 싶었던 암흑기에도
저 앞에
실낱같은 빛이 보였었다.

간신히 한 발 한 발 내딛지만
끝이 어디인지 헤아리는 사이
갑자기 벼랑에 떨어지면서
잠을 깼다.

어둠 속이지만 내 방, 내 침대 위였다.
안도하며 나도 모르게
주님을 불렀다.

아, 감사합니다. 주님!

화살기도 8

봇짐 내려놓은 듯 내려놓는 마음이면
얼마나 좋을까.
마음 내려놓으면
사는 게 좀 가벼워질 것이라 생각했는데
무엇을 내려놓아야 할지
도무지 알 수 없다.

오늘 텅 빈 성당 맨 앞자리에 앉아
십자가상 예수님을 바라보니
내 죄까지 짊어지신 예수님께
부끄럽고 죄송하다.

이 죄인 어이없게 초라한 모습이지만
혼자 버림받은 것처럼
허전하고 너무 외로워
버티기 힘들었다 고백한다.

저에게 늘 인자하신 주님!

동서남북 종횡무진 바쁘신 중에도,

제가 무엇을 내려놓아야 할지 일러주소서.

화살기도 9

긴 세월 가슴 속에서 치밀어 오르는
모멸감과 자괴감을 억누르니
호흡이 또 가빠진다.
화를 참고 체념하여 생긴 증세다.

이 눈부신 아침,
성당 마당에 핀
백일홍 빨간 꽃빛에 물든 성모님.
성모님 얼굴보다 더 선명하게 어른거리는
생각하기 싫은 저 얼굴.
지금도 지워지지 않는다.

주님! 내게 공짜로 일만 시킨 인색한 사람.
성모상 앞에서 사흘 밤낮 무릎 꿇고,
제 잘못을 회개하게 해주소서.

화살기도 10

왼쪽 어깨로는 핸드백을 걸고 다닐 수 없고,
밤에 자다 무의식으로 돌아누우면
자지러지게 아팠다.

의사는 인대가 유착되었고
병명이 오십 견이라고 했다.
나도 모르게 픽 웃었다.

제 나이가 몇인데 오십 견이라니요?
옛날에는 일찍 죽었기 때문에
그렇게 불렀다는 의사 선생님.

하느님! 병은 제 나이를 알고
몸 속 곳곳을 파고 들어오네요.
무릎에서 허리, 이제 어깨까지 왔는데,
머리까지는 오지 않게 해주세요.

화살기도 11

베란다 화분에 누가 다녀가셨나.
빨간 장미가 폈다.

이웃 화초들
올 여름 뙤약볕에 비실댔는데
작은 이파리들 힘내어
꽃까지 피우니 너무 사랑스럽다.

나는 덥다고 투덜거리며
에어컨 켜고 지냈는데
주님은 장미를 무척 사랑하셨는지
유달리 꽃잎이 붉고 싱싱하다.

주님! 제가 장미에게 에어컨은 못 켜 주었지만,
매일 물만은 듬뿍 주었습니다.
이 장미 오래오래 같이 지내게 해주소서.

화살기도 12

늙지도 젊지도 않은 두 자매
정성을 다해 온 성당 봉사를 그만 두었다.
옆구리 쑤셔 그 까닭을 알아보니
다른 자매에게 받은 상처가 아물지 않았다고 하는데
정작 당사자는 상처준 일이 전혀 없다고 한다.

한 달 사이 두 자매가 그만 두니 황당하기 그지없다.
상처 준지도 모르는 자매는 더 황당해 했다.
어느 쪽이 진짜인지 주님만 아실 일이다.

하느님! 더 이상 자매들 마음 아프지 않게 해주시고
우리 죄를 스스로 깨닫게 해주십시오.

화살기도 13

성체조배실에서 나온 여인은
세상의 불행 다 짊어진 듯
슬픈 얼굴에 어깨마저 쳐졌다

가까이 다가가
다독여 주면 좋으련만
긴 시간 주님을 독대하고 나온 그녀에게
차마 뭐라 말 못 붙이고 눈인사만 하였다.

내 죄가 많아
그녀를 위로하는 것조차
죄스러웠다.

주님! 저 여인의 기도가 성령에 닿게 하소서.

화살기도 14

버스 타고 가는 병원 길에
문득 한 아파트를 보고
순간 나도 모르게 고개를 돌려 버렸다.

그곳은 이십여 년을 함께 살아왔던
한 자매가 이사 간 곳이다.

자칭 정의로워 불의를 지나치지 못하고
말싸움과 욕도 잘하고
사사건건 남의 말꼬투리 잡고

면전에 대놓고 남을 무시하여
주변 사람을 아연 질색하게 만들었지만
집안일은 누구도 흉내 낼 수 없이 깔끔하게 정리했다.

주님, 그녀를 가엾이 여기시고,
나에게 남은 불쾌한 시간들과
남몰래 이사 간 그녀의 불편했을 마음 위로해 주소서.

화살기도 15

아베마리아[1] 노래는
처음부터 끝까지
오직 한 마디.

구슬프고 장엄한 곡조가
나의 혈관 속속들이 파고들어
눈물에 맺힙니다.

나도 모르게
무릎 꿇어 기도 올립니다.

고뇌에 시달리는 저를 끌어안아 주소서.
내가 나를 용서하게 하소서.

---

1) 줄리오 카치니(Giulio Caccini, 1551-1618)의 아베마리아,
르네상스 및 이른 바로크식 시대의 이탈리아 작곡가 및 교사,
가수이다.

자애로우신 성모님!

제가 굳센 믿음을 가질 수 있도록 하느님께 빌어주소서.

화살기도 16

노여워 마라. 사랑하는 발아.
가끔은 향유 바르고
호사할 때도 있었지 않느냐.

눈에서 멀리 떨어져 있다 해도
나와 함께 살고
맨발로 걸어도
너는 너그러웠다.

먼 길 고된 길 불평 없이
삭히는 너인데
메마른 발뒤꿈치가 갈라져 피가 나온 뒤에야
너를 살피는 내가 너무 무심했구나.

하느님! 발도 머리도 다 한 몸인데
아픈 발 비명을 소홀히 한 저를 혼내 주소서.

화살기도 17

몇 년 만에 만난 친구들.
반갑다는 말이 선뜻 나오지 않았다.
어색한 미소만 흘리자
까닭을 모르는 친구들은 의아한 표정을 지었다.

무릎과 허리 수술 받고 혼자 골방에 처박혀
오랫동안 통증과 싸우다보면,
또 누군가를 만나 깊은 대화를 하지 않게 되면,
말하는 것조차 몹시 낯설어지기 때문이다.

억지 벙어리로 살다
간신히 터널을 벗어난 지금은
이 세상 모든 것들을
사랑할 여유가 생겨 좋다.

하느님, 나의 외로움과 병들을 바람에 실어
멀리멀리 날아가게 해주소서.

화살기도 18

서산 낙조에 취한 듯
마구 속도 내어 달리던 차가
출구를 놓쳤는지
잠시 머뭇거리는 사이
뒤차가 들이박고 말았다.

귀 떨이지는 굉음과 함께
찢겨진 범퍼가 날았다.
순식간에 대파된 차들.

뒤따라가던 차들이 놀라
줄줄이 멈춰 섰다.

반 바퀴 돌아앉은 앞 차에서
젊은 남녀가
허리를 펴지 못한 채 기어 나왔다.
뒤차에 탄 사람은

어찌되었는지, 안부를 알 수 없다.

오! 하느님, 저들이 어떻게 살아 온 생인지,

만사를 어떻게 받아들일지 모르지만

살려 주세요. 무조건 살려만 주세요.

화살기도 19

신앙에 생을 바친
순교자들을 찾아갔다.

생각할수록 높고 아득한 하늘 아래
오직 하느님을 향한 마음으로
모든 것 다 잊고

고문과 박해 끝에
생을 마친
그들의 수정빛 영혼에 감응한다.

감사한 마음
가슴 아픈 사연 쓸어안고
돌아오는 길.

나도 순교 할 수 있을까?
생각할수록 아득하다.

하느님! 믿음이 작은 저를 다잡아 주소서.

화살기도 20

인가 없는 첩첩산중 숲길을 걷는다
호젓이 지팡이 하나에 의지해 걸어간다
가끔 떨어지는 도토리 소리에도 가슴 철렁 하는데,
긴 길 끝에서 만난 소박한 순교터.

이렇게 깊은 곳까지
몰래 피신 와서 살아야만 했던
선조 신앙인들의 마음을 헤아려 본다.
포졸들에게 색출당해
끌려갔을 장면을 생각하니
등이 오싹하고 애련하다.

순교자들이 앞서간 거룩한 발걸음은
내 신앙의 지표.

주님, 새벽을 깨우는 종소리 멀리 퍼지듯
선조 신앙인들의 참 신앙을 본받게 해주소서.

참사랑에 이르는 뜨거운 시적 여정

— 홍정희 시인의 자아와 세계 인식

이상호(시인, 한양대 명예교수)

1. 절제된 자유시의 자유, 또는 비판적 형식

홍정희 시인의 두 번째 창작 시집 '거울은 알고 있을 거야'의 구조는 총 78편이 4부: 1부 겨울비(1~19), 2부 어떻게 못 본 체하랴(20~39), 3부 가을 나무(40~58), 4부 화살기도(59~78)로 나뉘어 이루어졌다. 이 가운데 1~3부가 일상적 세계 인식을 주요 제재로 다루어졌다면 4부는 신앙심이 직접 노출되어 결이 다르다. 신자가 절실하게 호소하는 기도가 "화살처럼 직통으로 하느님께 간다고 해서 화살기도란 이름이 붙었다."(Google)라고 정의되듯, 시인이 이 말을 중간 표제어로 선택한 것은 시적 형상화에 대한 부담을 좀 덜고 제 간절한 염원을 직접 하느님—하나님께 비는 형식을 취했음을 나타내려 한 의도로 보인다.[1] 이상적 세계를 꿈꾸는 인간의 지향 본성으로 보면 예술적 관념과 종교적 이념은 서로 어우러지기는 하나 '형상화 과정과 형식을 중시하는 예술 양식(genre)'과 '이념과 기원을 중시하는 종교 형태(type)'를 대비하면 두 분야는 사뭇 다르다. 이 점을 고려한 듯 시인은 종교적 색채가 짙은 시편들을 따로 모아 시집의 마지막에 배치했다. 이 편집 의도에는 직설적 목소리가 짙은 4부의 시편들은 다른 관점으로 보아달라는 시인으로서의 염려와 겸손이 들어 있다고 하겠다.

앞서 '형상화 과정과 형식을 중시하는 예술 양식'이라 했듯, 모든 예술 작품은 각각의 분야마다 그만의 특성(meta 속성)을 나타내기 위한 형식을 지닌다. 이는 오랜 세월에 걸쳐 해당 예술가들에 의해 고안되고 집약된 특성이라 누구든 제멋대로 무시하기는 어렵

---

1) 너무나 다급하고 절박해서 시적 의장을 입힐 여유나 필요가 적다는 뜻이리라.

다. 그러니까 예술의 하위 형식인 문학—시 역시 독자들이 시로 인식할 만한 그만의 형식 조건이 시인에게 직간접으로 압력을 가한다. 그렇다면 홍정희 시인은 그 압력에 어떤 반응을 보였을까? 개별 작품마다 조금씩 달라질 수 있는 미묘하고 세밀한 요소를 제외한 그 나름의 시 미학적 관습(style)을 따지면 그의 시에는 형식적 취향의 일관성으로 규정될 특성이 뚜렷이 드러난다. 즉 자유시 형식에 대한 절대적인 친밀감이 돋보인다. 예컨대, 다음 시에 두드러진 형식이 78편 전체를 지배한다고 할 만큼 압도적이다.

하늘 한가운데 박혀 있던 그대는
바람에 실어 보내는 내 목소리 듣고
번쩍 눈을 떴다.

오랜 침묵 깨고
긴긴 갯벌과 모랫길 지나서
바위들 넘어
나를 향해 성큼성큼 걸어오는 그대.

오래도록 그리워 아파했던 날들
어루만지는데

가까이 다가와 내 손을 덥석 잡는다.

혈관을 타고 흐르는 기쁨과 불안에 떨며

나는 너의 말을 받아 적는다.

—「시」 전문

이 시는 4연으로 나뉜 자유시 유형이다. 연을 구분하되 각 연의 행수는 3·4·3·2로 규칙성보다는 시상에 따른 내재율로 이루어져 있고, 각 연의 끝 행에는 모두 마침표가 찍혔다. 이것을 종합하면 자유시·연시·내재율·엄격한 마침표 사용 등 네 요소가 78편에 어김없이 나타나는 특성을 보인다. 수록 작품 모두에 적용된 형식이라면 이는 시인이 즐겨 다루는 형식적 취향이자 신념으로 이루어진 결과임이 분명하다. 즉 예술적으로 의식하고 의도적으로 짜낸 그의 개성이다. 이 결실은, 저만의 특성을 빚어내려면 필연적으로 남의 것들을 유심히 살피지 않고는 불가능하므로 요즘 시들의 어떤 경향에 대한 시인의 비판적 인식이 투영된 결과로 볼 수 있다. 이러한 형식적 특성을 전제로 하여 이제 그 의미에 대해 비평적 차원에서 좀 더 구체적으로 살펴보기로 한다.

먼저, 연이 나누어진 자유시 형식에 대한 의미이다.

시집 속 모든 작품은 연시聯詩로 구성되어 있되 각 연의 행수는 주로 3~4행이고, 많아야 5~6행 정도인데 그나마 이는 드물다. 그래서 대부분 간략하게 구성되어 있음을 직감할 수 있다. 바꾸어 말하면 대책 없이 길고 장황하게 늘어진 요즘 시들의 한 경향을 작품으로 저항하는 형식이라 할 만하다는 것이다. 시대와 개인에 따라 어느 정도 변화될 수는 있으나 그렇다 해도 근래의 우리 시단에 적잖이 횡행하는 그러한 시를 쓴 시인들은 요령부득의 언어 낭비를 자행했다는 혐의에서 벗어나기 어렵다는 점에서 홍 시인이 의도하는 간명한 시 형식은 절제와 여백과 함축을 주조로 하는 서정시의 전통을 선호한 결과로 봐도 좋다. 넘침은 모자람만 못하다 하듯 절제를 미덕으로 삼는 그의 시혼에 큰 의의가 있다고 하겠다.

다음으로, 마침표에 대한 시인의 철저한 인식도 주목된다. 산문의 경우 문장이 끝나면 반드시 마침표를 찍어야 완결된다. 그런데 산문이 아닌 시에 연의 끝마다 마침표가 꼬박꼬박 찍혀 있으니 이는 분명 어떤 시적 의도에 따른 결과로 봐야 한다. 그게 뭘까? 나는 꽤 오래전부터 우리 시의 상당한 양에서 언제부턴가 마침표가 사라진 현상을 눈여겨보고 있으나 아무리 뜯

어보아도 그에 상응하는 뚜렷한 미학성을 찾지 못했다. 마침표가 운문(시)과 산문을 가름하는 표준 잣대가 아님에도 이 시인 저 시인, 이 시 저 시에 미학적 효과를 알기 어려운 마침표 실종 현상이 점점 번져가는 게 의아하다. 그렇다면 그냥 무의식적이거나 무감각하게 남을 따라 한 것에 불과해 미학적 차원에서 무의미할 수밖에 없으므로 그 유행은 별로 바람직하지 않다.

이러한 현상을 기이하게 보는 까닭은 우리 시사에서 마침표를 비롯한 문장부호가 작품의 의미나 운율을 효과적으로 표현하는 데 얼마나 중요한지 가장 먼저 구체적으로 일깨운 소월 시 「진달래꽃」의 수정본이 뒷받침한다. 소월은 『개벽』 25호(개벽사, 1922.7)에 처음 발표한 「진달내쏫」 원본을 고쳐서 시집 『진달내쏫』(매문사, 1925.12)에 재수록하였다. 이 과정에서 부드러운 구문과 운율을 강화하기 위해 원본 일부에 첨삭을 가하고 띄어쓰기를 바꾼 뒤 마침표를 모두 지워 버렸다.[2] 이렇게 소월은 일찍이 마침표에 대한 미

2) 교재를 포함한 여러 매체를 통해 원본의 진의를 망각하고 현대어법으로 수정 유통되는 「진달래꽃」에는 마침표가 찍힌 경우가 많다. 이는 시인의 창작 의도와 시의 정체성을 훼손하는 중대한 오류로서 반드시 시인의 최종 의도에 따른 형식으로 바로잡아야 마땅하다.

학적 인식을 남 먼저 인식하고 실체적으로 보여주었다. 그 소월과 요즘 시인들의 상반된 두 예를 대비하면 홍정희 시에서 연의 끝마다 꼭꼭 찍힌 마침표는 매우 인상적이다. 마침표에 대한 요즘 일부 시인들의 무관심과 무성의함을 자신의 애착심과 정성으로 일깨우려는 제 나름의 의도를 강조하는 효과가 있는 까닭에 그렇다.[3)]

한편, 이 「시」는 창작자의 시혼을 표현한, 시에 대한 시 쓰기(meta poem)로 이루어진 유일한 작품으로 그의 시관을 짐작게 하는 표본이 되기도 한다. 이 시를 통해 우리는 하늘[天上]과 나[地上]의 조응, 위무 또는 치유, 영감(muse; 시나 음악 등 예술의 신) 등 홍정희 시인의 시에 관한 세 가지 관점을 확인할 수 있다. 이에 따르면 시는 무엇인가 너무나 큰 그리움에 아파하는 자아[4)]의 간절한 치유 소망이 하늘에 닿아 그 호응으로 형성된 정서와 상상력으로 표현한 것이라고 시인은 인식한다. 그는 시를 신이 내린 영감에 의해 이루

---

3) 외국어를 배울 때는 마침표를 찍어야 문장이 완성된다는 선생님의 말씀을 명심하면서도 우리 글을 쓸 때는 좀 느슨해지는 경우와 비슷한 현상은 아닌지 의심된다.

4) '자아'는 시인과 서정적 자아(시적 화자)를 포함하는 복합 의미로 사용된다.

어진다고 보므로 낭만적 관점을, 그리고 시[理想]에 대한 간절한 그리움으로 인한 아픔을 어루만져(치유해) 준다고 믿는 점에서는 효용적 관점을 갖는다. 요컨대, 시 쓰기는 결핍된 현실과 자아를 상상력과 꿈으로 초월하려는, 일종의 정신적 승리의 길과 비슷하다는 것이다.

또 하나 주목할 대목은 시라는 대상이 '하늘 한가운데 박혀 있던 그대'로 시작되어 '나는 너의 말을 받아 적는다'로 바뀐 점이다. '그대'에서 '너'로 바뀐 이 명명은 거리와 친밀감의 변화를 함축한다. 즉 나(시인)와 무관하던 일반적인 소재(자연)가 나의 열망으로 선택되면 자기 시의 구체적인 제재로 바뀌어 작품의 핵심이 됨을 뜻한다. 이렇듯 이 작품은 시(인)가 탄생하는 과정과 더불어 왜 시를 갈구하고 짓는지를 암시적으로 보여준다. 특히 '혈관을 타고 흐르는 기쁨과 불안에 떨며'라는 아이러니에서 보듯이 한 편의 시가 탄생하는 과정에서는 그야말로 피 말리는 시간을 거쳐야 하며, 그 고통과 불안을 기꺼이 감내해야 시라는 예술은 한 송이 오롯한 기쁨의 꽃으로 승화될 수 있다고 한다. 달리 말하면 시인에게 절실하기에 결과적으로 독자에게도 절실한 작품으로 감동을 주게 된다는 것이다. 이런 시인의 시관을 염두에 두고 그의 작품을 음미하면 독자에게도 그 의미가 좀 더 절실하게 와닿으리라 믿는다.

2. 도저한 거울 보기 심상, 또는 고통으로 점철된 세계 인식

시는 사람살이의 온갖 경험에서 우러난 여러 정서 중에 가장 인상적인, 잊을 수 없고(개성) 남에게도 의미 있을 것들(보편성)을 잘 간추려 시인이 서정적으로 표현한 문학예술의 한 갈래이다. 시와 시인에 대해 더러는 가슴으로 쓰는 시와 머리로 쓰는 시로, 또는 주관적 시인과 객관적 시인으로 나누어 따지기도 하는데 홍정희 시인은 비교적 가슴으로 시를 쓰는 주관적 시인 성향을 지닌 것으로 파악된다. 즉 그는 대체로 지나치게 작위적으로 조작하는, '시를 위한 시 짓기' 방식에 거리를 두는 편이다. 그만큼 그의 시는 삶의 짙은 체험이 날줄과 씨줄로 짜인 모양새를 지닌다. 그래서 독자에게도 경험을 불러일으키게 하고 공감하게 할 여지가 많다. 특히 앞서 잠시 밝혔듯 길지 않게 요점을 표현하는 솜씨가 도드라져 대체로 지루함을 느끼지 않고 음미할 수 있는 점도 한몫한다. 시집의 머리 시에서부터 그 점이 잘 드러난다.

비바람 맞으며
바위틈에 피어 있는
보랏빛 꽃들이 가슴 시리다.

어머니 양로원 마당에 남겨두고
자꾸 되돌아보는 나에게
어서 가라 손짓하는 키 작아진 어머니.

사랑으로 자식 키우고 나면
젊음은 어느 먼 산천에 가서
저 혼자 어둑해지는가.

언젠가는 나도
모든 것 다 주고도 기억 못 하는 어머니처럼
조그맣게 서 있게 되겠지?

가슴 무너지며
혼자 거센 물결에 쓸려가는 내 앞에
적막이 자리를 펴는데

바위틈에 피어 바람 타는
저 가녀린 쑥부쟁이
누가 손잡아줄까.

—「쑥부쟁이」 전문

이 시는 시인이 최근에 겪는 일 중에 가장 심각하고 절실하며 아프고 슬픈 정황을 표현한 것으로 보인다. 어제와 오늘을 성찰하며 내일을 염려하는 시인의 마음이 오롯이 담긴 이 복합 정서는 사람이라면 누구나 겪었거나 겪으며 또 겪어야 할 존재론적 결말에 대한 뼈저린 인식에서 비롯되었다. 이 문제는 사회와 세태의 급격한 변모에 따른 세대 차이와 갈등 등 여러 측면에서 갈수록 점점 더 심각해지고 심화할 것으로 예상되어 낀 세대들 마음에는 더욱 절실한 울림을 줄 수 있다. 부모를 정성껏 모시는 자식의 효를 하늘이 내린 무조건의 도리라고 '천륜'으로 여기던 시절과는 달리 요즘엔 웬만하면 요양(병)원으로 모시는 풍조를 당연시하니 머잖아 곧 겪어야 할 주체로서는 부모님은 물론 제 미래까지 걱정해야 하므로 이중의 고통을 겪어야 한다. 막상 죽는 것보다 죽음을 인식하는 순간이 더 아프고 슬프다고 하잖는가.

이러한 의미에 깊이를 더하기 위해 시인은 '비바람 맞으며/바위틈에 피어 있는' 쑥부쟁이의 모습을 제재로 끌어와서 수미상관으로 강조하였다. 아니, 어쩌면 바위틈에서 자라 바람에 시달리면서도 끝내 꽃을 피워낸 쑥부쟁이를 목격한 체험이 시련에 든 자아를 돌아보게 했을 수도 있다. 이를 통한 성찰 결과, 살아온 과정과 현재와 미래가 온통 외로움과 아픔으로 점철될 수밖에 없음을 강조하였다. 이와 함께 이 시는, 어떤 상황에서도 정성껏 자식을 기르고도 끝내는 아무 대가도 바라지 않는 진정한 헌신과 희생을 감내하는 우리네 부모들 세대를 상기시키는 동시에 세태 변화로 자신의 미래는 어머니와는 크게 다르리라는 불길한 인식을 보태어 더 외롭고 불안한 세대임을 암시하기도 한다. 이런 방향으로 풀면 일견 어머니의 현재를 통해 나의 미래를 바라보고 그 외로움을 어떻게 겪고 견딜지 고민하는 듯 보인다.

그러나 우리가 이 시에서 더 눈여겨볼 대목은 앞부분에 있다. 2~4연에서 자신도 이미 세태 변화에 영합해 양로원 도움을 받는 불효자 대열에 끼었음을 성찰하는 점이다. 이에 따르면 시인은 현실을 인정하면서 부정해야 하는 이율배반적 아이러니 국면에 처해 애

달파한다. '바위틈에 피어 바람 타는/저 가녀린 쑥부쟁이/누가 손잡아줄까.'라고 시를 마무리해서 시적 자아의 종말을 더욱 외로운 존재로 단정한 표현에는 바로 그 불효한 자아를 자책하고 스스로 징벌하는 의미가 들어 있다. '누가 손잡아 줄까'에 의문부호를 붙여 설의법이나 의문문으로 만들어 회의懷疑하는 의미로 만든 대신에, 마침표를 찍어 누구도 손잡아 주지 않으리라 단언함으로써 고립되고 고독해질 미래의 존재 상황을 더욱 확신하고 강조하는 뜻을 부여했다. 이 형태는 비록 어머니를 양로원에 모시기는 하지만 한 줌 양심마저 저버릴 수는 없는 괴로움과 더불어 한편으로는 머지않아 자책감마저 희미해질 냉정한 세태를 내다보는 낀 세대의 오늘과 미래를 동시에 보여주기도 한다. 갈수록 더 불안하고 힘들 미래를 예견하지 않을 수 없는 이 존재의 비극을 어찌하랴! 오죽하면 그럴까? 이런 아픈 상념을 스스로 미리 내다보는 운명을 탄 시인의 괴로움이 어찌 그만의 몫이겠는가.

이렇듯 홍정희 시편들에는 무엇보다 거울 보기 정서, 즉 자기성찰 과정이 짙게 드리워져 있다. 일일이 다 지적하기 어려울 정도로 작품들 대부분에 자아의 안팎을 살피는 과정과 그로부터 번지는 다양한 색깔의 정서가 드러난다. 그중에도 특히 비극성을 띤 회색 물결이 거센 파도로 출렁인다. 이 점은 거의 보편적 현상이라 굳이 따로 고를 필요도 없어 앞에서부터 차례로 그에 관련된 몇몇 특징들을 더 보기 위해 핵심을 발췌하면 다음과 같다.

▷까치 한 마리/높은 나뭇가지에 날아 앉아/혼자서도 먼 곳을 향해 지저귀는데/나는 무슨 가지에 앉아/목청을 높여 볼까. —「날고 싶다」 부분

▷이렇게 얽히고설킨 실타래는 처음 보네./꼬일 대로 꼬여 꼬투리가 보이지 않네./형광 불빛에 혼자 앉아/이 책 저 책 뒤져보지만/어디서부터 손을 대야 하는지/가르쳐주지 않네. —「실타래」 부분

▷이놈의 슬픔은 언제 끝나나?/슬픔에도 끝은 있겠지./억새밭 절며절며 벗어나도/슬픔은 태연히 길게 누워 있었다. —「희망」 부분

▷고요함과 침묵으로 이어지는 날들이/지루하다 못해/어제가 오늘 같고/내일이 또 오늘 같다면/봄은 와서 무엇하리.//온몸을 드러낸 앙상한 나목들/가슴 속까지 찬비에 젖은 나와 함께/나란히 서 있다. —「겨울비」 부분

▷살아오면서/속에 끓는 말 차마 내뱉지 못하고/눈물로 베개 적시며/얼마나 많은 날 홀로 앓았던가. ―「새벽달」 부분

「쑥부쟁이」 뒤에 연속 배열된 다섯 편에서 자기성찰 국면이 짙은 부분을 인용해 보았다. 보다시피 자기성찰 과정에서는 대부분 비극적 현실 인식으로 인해 회의하고 갈등하면서 희미한 꿈에 젖는 정서가 주조를 이룬다. 「날고 싶다」에서는 까치는 '혼자서도 먼 곳을 향해 지저귀는데' 자아는 어떻게 하는지 고민 탐색하는 모습을, 「실타래」에서는 현실 정황이 얽히고설킨 실타래같이 꼬여 있으나 풀어낼 꼬투리를 찾지 못해 힘들어하는 모습을, 「희망」에서는 끝없이 이어지는 슬픔으로 절망에 빠진 모습을, 「겨울비」에서는 좀처럼 변화의 징후가 안 보이는 막막하고 지루한 현실에 직면하여 아예 체념해 버리는 모습을, 「새벽달」 역시 마음에 끓는 말 한마디 제대로 못 내뱉는 소심한 자아로 인해 슬픔과 외로움을 겪는 모습을 보여주는 등 세부 제재는 달라도 침울한 빛깔이 적나라하게 드러남은 대체로 비슷하다. 그래서 '날고 싶다' '희망' 등의 제목으로 된 작품마저 외롭고 아프고 슬픈 국면에서 벗어

나고 싶은 꿈을 동반하기는 해도 대개는 가라앉아 어두운 분위기가 짙다.

그런데 이러한 어두침침한 시적 분위기를 시인 개인의 실존적 인식으로만 단정해서는 안 된다. 그럴 수 있고 그 영향에서 스민 정서일 수도 있으나 일단 시로 형상화된 이상 그것은 자아의 현존을 넘어선 사회 현실의 다양한 국면들에 대한 시적 감각과 성찰에서 길어 올린 정서적 반응으로 보는 게 더 온당하다. 요즘 현실과 예술의 거리가 좁아지거나 심지어 구분이 안 되는 경우가 있기는 해도 현실과 예술은 엄연한 거리가 있고 또 있어야 더 예술 작품다운 풍미를 지닐 수 있다. 현실이 끝나는 지점에서 예술은 시작한다는 예술관이 이제는 많이 희석되었어도 여전히 독자의 마음에 아름답고 절실한 감동과 감상 보람을 자아내게 하는 잘 빚어진 작품들은 대개 예술적으로 적절히 다듬어지고 숙성된 사실은 누구도 부인하기 어려울 것이다. 이런 까닭에 홍정희 시인의 심미적 안목으로 들여다본 자기성찰의 결과인 아픔과 슬픔 등의 이런저런 빛깔들도 단순히 자기 구원의 실마리를 찾는 차원에 머물지 않는다. 애초에 독자를 겨냥하고 썼든, 자기 목마름에 겨워 스스로 우물을 팠든 결과적으로는 개인적 목소리의 한계를 넘어 공감력을 드높이기 위해 시적 의장을 입힌 결실로 이해해야 마땅하다.

3. 여유와 허심에 들기, 또는 견딤의 미학—사랑

세상에 태어난 어떤 이든 정상적인 의식을 가졌다면 대체로 어제보다는 오늘, 오늘보다는 내일, 내일보다는 모레는 더 나아지라는 믿음과 꿈을 갖고 하루하루를 알차게 채워가기 마련이다. 그러지 않는 이는 물려받은 자기 목숨과 삶의 일부를 다만 나날이 소비할 뿐 창조적 시간을 갖지 못한다. 이런 삶의 차이를 또렷하게 구분 짓도록 만드는 계기 중에 나는 뭐니 뭐니해도 자기성찰을 으뜸으로 꼽는다. 앞서 살폈듯 자기성찰로 인해 마음에 온갖 아픔과 슬픔의 입자들이 주저리주저리 맺힘에도 불구하고 체념이나 퇴행보다는 한 줄기 빛이라도 감지하려는 몸부림 같은 징후가 늘 한쪽에 꿈틀거리는 까닭은 바로 자기성찰이 긍정적으로 기능함을 뒷받침하는 중요한 단서가 된다. 아무리 세상이 번거롭고 살기 힘들더라도 조금씩이나마 앞으로 나아가는 까닭은 결국엔 자아의 허상을 치열하게 성찰하고 스스로 다스리는 이들이 더 많은 덕분이다. 이런 측면에서 여기서는 홍정희 시인이 자기성찰을 통한 예지와 감각으로 어떻게 비극적 현실에서 이상적 세계를 염원하고 탐색하여 시적 승화의 길을 열어가는지에 초점을 맞추기로 한다.

여기까지 오는 동안 무심 세월
며칠이나 될까
산 아래 오래된 정자에 앉아
나를 들여다본다.

눈을 쓰고 막막히 서 있는
저 헐벗은 나무를 닮은 나,
그림자마저 앙상하다.

커피잔에 먹물 부어놓은 듯
쉼표 없는 삶.
무거운 짐 가득 지고 힘겨웠던
슬픔 같은 거, 그리움 같은 거
저 강에 주고 말자.

햇살 풀리면 봄이 올 것이다.
내 앞에 많은 날
가지 무성해지는 푸른 날들이 남았다.

나를 들여다보는 마음 여기저기
흩어져 있는 쉼표들을 찾는다.

—「쉼표」 전문

이 시는 자기성찰이란 현실에 부대끼는 일상적 자아(ego)로부터 진정한 자기(id) 정체성을 찾기 위해 반드시 겪어야 할 정신적 수행 과정임을 잘 보여준다. 바꾸어 말하면 제 마음에 들지 않는 일상적 자아를 부정하고 본래의 자기 모습을 찾는 모습이 형상화되어 있다. 심리적으로 이런 과정을 거쳐 현실적 자아와 이상적 자기가 겹치는 순간에 들 때를 이른바 자아실현이라 한다. 누구나 느끼듯 사실 살면서 이런 극치를 맛보는 경우는 극히 드물다. 말 타면 종 부리고 싶듯, 우리 마음에 도사린 욕망의 사다리가 하늘까지 뻗어 있기 때문이다. 그러니까 설령 평소에 바라던 단계에 막상 이른다 해도 그 순간에 또 다른 욕망이 꿈틀거려 다시 새로운 불안정에 들 수밖에 없다.

여기서 시적 자아가 '산 아래 오래된 정자에 앉아/나를 들여다본' 결과 '여기까지 오는 동안 무심 세월/며칠이나 될까'라는, 즉 대부분 유심(욕망)으로 점철된 삶을 살지 않았냐고 회의하는 자기성찰의 결과는 바로 마음에 도사린 욕망의 사다리에서 잠시도 벗어나기 어려운 우리 현실을 뜻한다. 그리하여 시인은 가던 길을 잠시 멈추고 '나를 들여다본' 결과를 충격적으로 폭로한다. 겨울에 눈을 뒤집어쓴 헐벗은 나무를 닮아 그림자마저 앙상하다고. 그토록 꼴사나운 모양이 된 것은 무거운 짐 가득 지고 힘겹게 '쉼표 없는 삶'을 사느라 슬픔과 그리움에 시달린 탓이라 진단하고 일상적 자아는 그것들을 '저 강에 주고 말자.'라는 처방을 내린다. 즉 그는 죽음으로 상징되는 겨울 상황을 겪는 자아의 실체=허상(그림자)에서 벗어날 길은 가던 길을 잠시 멈추고 쉬는 길밖에 없음을 절실히 깨닫는다. 그 쉼의 끝에 봄이 와서 앙상한 그림자의 나날이 '가지 무성해지는 푸른 날들'로 바뀌게 되리라고 그는 믿는다.

이러한 자아의 심리 변화에 따른 진단과 처방은 사실 무척 단순하고 간단하다. 마치 겨울이 가면 곧 봄이 돌아온다는, 이미 자연의 섭리로 정해진 계절의 순환을 터득한 경험이나 상식처럼. 하지만 힘겹게 살다 보면 거기에 매몰되어 더 헤어나기 어려워서 단순한 상식마저 생각할 겨를이나 여유를 갖기 어려운 게 사람살이의 실상이다. 시인은 이런 평범한 현실을 보여주기도 하지만, 정작 그가 하고 싶은 말은 '나를 들여다보는 마음 여기저기/흩어져 있는 쉼표들을 찾는다.'라고 마무리한 구절에 들어 있다. 이를테면 성찰이 문제의 실마리를 푸는 출발점이라 중요하기는 해도 궁극적으로는 그 과정에서 흩어져 있는 '쉼표'를 찾는 일이 더 중요하다고 본다. 이렇듯 우리는 분주하고 힘겨운 삶의 도상에서 잠시라도 쉬며 마음의 여유를 갖는 시간이 무엇보다 중요하기는 한데, 문제는 그게 말처럼 쉽지 않다는 점에 있다. 시인은 이런 아이러니한 삶의 현실을 아이러니 형식으로 풀어 시를 마무리함으로써 그것이 우리 삶에 부가되는 보편적 현상임을 암시하는 한편, 그러니까 다만 견디고 이겨내는 길밖에 없음을 강조한다.

이와는 달리 「떠나와서」라는 시에서는 나를 소외시키는 '그들'을 떠나는 일에서 자아 구원의 길을 찾는다. 시적 자아는, 내가 '오래 벼르던 일'을 행동으로 옮겨 떠났는데 그들은 "내가 왜 떠났는지/누구도 궁금해하지 않았다.", 즉 그들의 무관심을 섭섭해하면서 "연민과 좌절, 아픔을 감추고 살아온 날들은/내 시간이 아니었다."라고 단언한다. 그래서 그들과 얽혀 사는 건 진정한 삶이 아님을 뒤늦게 깨닫고 옷깃을 여미고 정색하여 자아를 돌아본 끝에 그들과의 관계를 청산해야 아픔도 털어낼 수 있다는 믿음에서 결별을 실행한 것이다. 그들로부터 떠난 일이 그에게 "이젠 아파하지 않는다./사방 툭 트인 길이 앞에 있다."라는 치유의 기회와 희망을 안겨주었다니, 삶의 과정에서 자기성찰이 얼마나 중요한 구실을 하는지 다시 확인할 수 있다. 시인이 자기성찰의 길을 끝없이 수행하는 까닭은 바로 그 때문이다.

이 시와 비슷한 「길을 걷는다」에서도 시적 자아는 주위의 무관심과 '나의 고통'으로 인해 "앞에 나 있는 길들은 어둡고/때로는 너무 아파/모든 길을 다 지우고 싶었다."라고 할 정도로 깊은 절망감에 빠졌다가 재기의 길로 들어선다. 결국 자기성찰 과정이 그를 일으켜 세워 '치유를 위한 연습'을 하거나 '날마다 기도하며' 스스로 바라는 방향으로 성실히 걸어가는 존재로 거듭나게 했다면서 그 결실에 대해,

오늘 햇빛 가득한 길
보는 것마다
더없이 아름다운 풍경들.

지나가지 않는 일이
힘들다고 함부로 버릴 것도 아니고,
앉아서 슬퍼하고 괴로워만 할 것은
더더욱 아니라는 것을 깨닫는다.

—「길을 걷는다」 부분

라고 표현하고 있다. 자기성찰을 통한 깨달음으로 거듭나면 이렇듯 세상은 달라진다. 아니, 자아의 마음과 눈이 바뀌니까 세상이 다른 모습으로 다가온다. 햇빛은 분명 어제와 그리 다를 게 없을 텐데도 오늘은 천지에 가득히 퍼져 '더없이 아름다운 풍경들'로 보이도록 꾸민다. 그러니 '지나가지 않는 일'—겪지도 않은 미래 일을 당겨서 생각해 함부로 재단하고 포기하고 가만히 앉아서 슬퍼하거나 괴로워할 일은 아니라는 것이다. 이런 여유로운 경지에 오른 모습을 보면 앞서 보았던 존재를 부정하고 삶을 체념해 포기하려던 자아 인식이 얼마나 크게 달라졌는지 확연해진다. 그래서 시인이 '더더욱' '깨닫는다'라고 성찰의 가치를 뼈저리게 느낀다고 표현한 대목은 우리에게도 절실함을 알게 한다.

겨울 가고 어느덧
마른 나뭇가지에 눈을 틔운 바람.
영롱한 꿈 같은 꽃으로 피었다.

볼수록 더 보고 싶고
갈수록 더 멀리 가고 싶은
끝을 알 수 없는 여행길.
마음이 먼저 날아가 머물고 싶은
향기로운 꽃밭.

꿈 깨기 전에는
아, 폭풍우 만나기 전에는
전 생애를 걸고 인내하는 세상을
나는 보았다.

—「사랑」 전문

이 시는 자기성찰의 종합판이자 결실 구실을 한다. 한마디로 자기성찰의 고갱이가 바로 참사랑의 실체를 깨닫게 한다는 점에서 그렇다. 물론 이 결실은 지금까지 살핀 과정에서 본 우여곡절을 겪은 덕인데, 겨울에 앙상했던 모습을 봄바람의 손길로 꽃처럼 영롱한 꿈이 피어나는 존재로 바꾼 대목에서 극적으로 전환된 자아의 인식이 드러난다. 그리하여 "어제가 오늘 같고/내일이 또 오늘 같다면/봄은 와서 무엇하리."(「겨울비」)라고 탄식하던 모습은 말끔히 사라지고 꿈과 기쁨이 넘쳐 '볼수록 더 보고 싶고/갈수록 더 멀리 가고 싶은' 끝없는 '여행길'의 앞날을 '향기로운 꽃밭'이라고 단정하기에 이른다. 여기서 시인은 또 하나의 깨달음을 얻는다. '사랑'이란 '인내'의 힘에서 싹튼다고. 그러니 시련이란 인내할 대상이지 절망하거나 삶을 포기할 구실이 아니라는 사실을 굳게 믿는다.

이러한 인식의 극적 전환은 멋진 마무리로 인해 더 빛나는 점도 눈여겨볼 만하다. '전 생애를 걸고 인내하는 세상을/나는 보았다.'라는 구절에 따르면 시인은 삶의 전체가 '인내'로 점철되었다고 본다. 이것을 '인내하는 세상'으로 돌려서 표현했다. 즉 목숨을 타고난 모든 존재가 겨울에 얼어 죽지 않고 끝끝내 견뎌내야만 봄에 소생해 무성한 잎과 꽃을 피울 수 있듯, 인생 역시 그리 다르지 않음을 그는 새삼 깨닫는다.[5] 이

---

5) 자연에 대한 시인의 인식은 "꽃이 피고 지는 건 순식간/꽃은 다시 오니 아파하지 말자./눈 뜨고 있어도 꿈꾸듯 지나/낙화도 개화도/영원한 것은 없다."(「세월 지난 뒤」)라는 구절에서 보듯 매우 복합적이다. 즉 긴 시간으로 보면 꽃(식물)은 순환 과정을 겪으며 영원성에 닿아 있으나 짧은 시간으로 보면 해마다 피고 지는 까닭에 영원하지만은 않

것이 바로 삶에 부가되는 온갖 시련을 겪고 이겨낸 자아가 받은 가장 크고도 소중한 선물이다. 요컨대, 이 선물은 시인(우리)에게 어떤 시련에 부닥칠수록 더욱 분발하고 희망찬 삶을 사는 길로 안내하는 열쇠가 될 것임을 확신케 하고, 그 기쁨은 또한 즐겨 새로운 길을 찾고 걷도록 재촉하는 요인으로도 작용한다. 그렇다면 과연 자아에 다시 도래할 새로운 길이란 어떤 형태일까?

4. 자기 넘기, 또는 자아실현의 종착점—신앙심 실천 열망

자기성찰로 거듭나서 세상을 다른 눈으로 바라보려는 홍정희 시인의 자아가 다시 거듭나는 길에서 우리는 그의 독실한 신앙심을 만난다. 즉 자기 정체성의 고갱이에 이른바 초월적 자아(superego), 또는 사회적 자아[6]가 들어 있다. 이 사회적 자아가 작동할 때 궁극적으로 자아실현의 큰길로 들어서는 문이 열린다.

다. 이 점에서 식물과 인간은 다르기도 하고 같기도 한데, 시인은 주로 긍정적으로 바라보면서 꽃 같은 존재로 거듭나기를 꿈꾼다.

6) 불완전한 자아를 성찰하는 객관적 자아로서 비판적 자아라 일컫기도 한다.

참된 신앙심은 단순히 개인적 구원을 위한 노력에 머물지 않고 나를 넘어 다른 이들과 함께 이상세계에 들려는 믿음을 품고 있기에 그렇다. 다만, 실천 과정으로 보면 이타적 삶은 먼저 자기부터 깨달음에 이르러야 가능하므로 목표는 비슷하되 과정은 다를 수밖에 없다. 어쨌든 결과적으로 홍정희 시인이 추구하는 궁극적 삶의 행태는 이기적 차원을 넘어 신앙적 존재로서 사회적으로 자아실현의 길을 찾는 것이라 규정할 수 있다. 이렇게 보면 1장에서 짐작하고 설명한 '화살기도'를 4부에 배치한 내용보다는 독실한 신앙인의 삶이 최종 목표라는 점을 암시하기 위한 배열로 봐도 좋을 듯하다.

그러나 그러함에도 불구하고 『거울은 알고 있을 거야』가 일단 시집이라는 사실을 먼저 고려하면 다시 앞서 짐작한 편집 의도에 더 무게가 실린다. 가령, 비유 형태라도 그 기능 측면에서 보면 시적 표현과 교리 설파는 상당한 차이가 있기 때문이다. 이를테면 시에서는 시인이 의도하는 표현 대상의 본질을 구체적으로 보여주고 시적 감수성과 미학성, 즉 시성(詩性)을 강화하기 위한 과정이자 수단이라는 기능이 매우 크다. 반면에 종교적 차원에서는 일반 교도에게 교리를 쉽게 설명하기 위해 그와 비슷한 실체를 비교하거나 대비하는 경우가 많다. 그러니까 시적 비유의 기능은 독자를 전제한 보편성 의미가 약한 대신 특수성이 강하지만, 교리 설명 과정에서는 신도에게 전달 효과를 드높이기 위해 보편성 쪽으로 더 기울질 수밖에 없다. 이 점을 고려하면 시적 차원에서 4부는 앞의 1~3부에 비해 상대적으로 직설적 성격이 더 짙을 수밖에 없다. 예컨대, 다음 시에 보이는 것처럼.

성령의 지혜를 구할 때마다
기도를 한다.
땅에서 하늘에 닿도록 화살을 쏜다.

염원을 담아 끊임없이 쏜 화살.
사심 없이 진리에 가 닿기를
그리하여 주님과 함께하는 삶에 가 닿기를
간절히 바란다.

주님! 당신께 맡기오니,
당신 사랑과 영광이 드러나게 하소서.

―「화살기도 1」 전문

여기서 보듯 행과 연을 나누어 자유시의 형태를 취했으나 내용은 따로 더 설명할 필요가 없을 정도로 거의 일상적 기도 차원에 가깝다. 핵심은 '주님과 함께하는 삶에 가 닿기를/간절히 바란다.'라는 절절한 기도대로 살고 싶은 염원을 표현하였다. 이는 자기 뜻대로 살기 어려운 인간 현실을 절박하게 의식하고 있음을 나타낸다. 다시 말하면 위대하고 고귀한 삶일수록 실현 가능성은 반비례로 낮아지는 게 세상 이치이기에 주님의 응답을 간절히 빈다. 그중에도 기도의 핵심 내용은 편집상 각각의 시편마다 마지막 연으로 배치한 뒤 짙게 처리해 다른 연과 구분하여 강조하는 형식을 취했다. 그렇다면 시인의 간절한 바람과 주님의 뜻이 일치는 점은 무엇일까?

> 빗속에 서현역 가는 길.
> 길가 펜스에 흰색 하트 등이 반짝인다.
> 우산 쓴 중년 남자가
> 작은 꽃다발 세워놓고 말없이 돌아선다.
>
> 얼마 전 흉기 난동 사건 때
> 범인 차에 치여 세상 떠난 여인
> 추모하는 꽃다발이다.

주님! 저 꽃다발을 세상 떠난 여인이

뜨거운 가슴으로 받게 해 주소서.

—「화살기도 4」 전문

특정 교통사고로 희생된 '여인'에 대해 '추모'의 정을 표현하여 남을 배려하는 따뜻한 마음을 보여준 시이다. 이렇게 시집의 마지막 4부에 배치된 「화살기도」 20편에서는 모두 남이나 자신에게 닥치는 고통스럽고 슬픈 일들을 따뜻하게 보듬거나, 나약한 자아의 모습을 경계하려는 마음이 주요 제재로 등장한다. 간절히 되고 싶은 자아로 거듭나서 하고 싶은 일을 뜻대로 세상에 펼치기를 바라는 염원을 거의 직설적으로 주님에게 고하는 과정에서 자기 암시의 기능을 유발함으로써 실천력을 드높이는 의지와 의도를 시적 형식을 빌려 표현하였다. 그래서 이 내용들 역시 결국에는 자기성찰과 일맥상통한다. 단지 형식을 달리하는 만큼 누구든 읽으면 거의 이해할 수 있을 정도로 '화살기도'의 의미를 충실히 구현한 점이 좀 다를 뿐이다. 이런 의미를 고려하여 이 부분에 대한 구구한 설명은 유보한다.

5. 사람의 길에서 하늘(자연)의 길로

마무리는 좀 멀리 에둘러 홍정희 시인이 추구한 자기성찰의 궁극적 의미와 가치를 일상적 차원에서 실마리를 풀어보기로 한다. 왜냐하면 예술 작품(시)은 개성에서 출발하되 독자에게 더 폭넓은 감동으로 다가가기 위해서는 보편적 차원으로 확장될 여지가 있어야 하기 때문이다. 그래서 좀 특별하더라도 온 국민의 관심 대상이었던 2024 국회의원 선거에서 절실한 한 예를 들어본다. 거의 다 알다시피 이번 선거에서는 상당히 위중한 범법 혐의로 법정에 서거나 지탄받는 피의자들이 어쩌면 세상에서 가장 높은 권력을 쥘, 아니 국민의 대표가 될 국회의원 선거에 출마하여 당선되기도 했다. 진영에 상관없이 이 어찌 기가 막히고 통탄할 노릇이 아닌가! 우격다짐으로 뻔뻔히 국회의원이 되겠다고 나서는 이도 인면수심의 철면피이지만 그들을 뽑아준 일부 국민도 한심하기는 다를 바 없다.

이렇듯 슬프게도 요즘 전에 보지 못한 진실의 가치 전도가 도를 넘는 현상이 극심해지고 있다. 비록 과학적으로는 문명이 발전하는지 모르나 정신 문화적 차원에서는 날이 갈수록 세상이 어지러워져서 뭐가 뭔지 도무지 갈피를 잡기 어렵다. 나는 이런 기현상이 나타나는 까닭은 어떤 사람들의 마음에서는 '자기성찰'이라는 거울이 흐려지거나 깨어진 탓이라 확신한다. 남과 더불어 살려는 따뜻한 배려심과 양심이 실종되어 독한 이기주의와 거리낌도 없이 저지르는 반칙이 만연하는 가당찮은 현실로 인해 이른바 '내로남불'이 판치는 세상을 돌아보면 한 줌 양심이라도 지키려는 착한 시민들로서는 억장이 무너져 눈살이 절로 찌푸려진다. 도대체 세상이 어디로 흘러갈지 가늠하기 어려워 황당한 내 마음을 과연 나의 거울은 알고 있을까? 아니, 시인이 시집 제목을 **'거울은 알고 있을 거야'**[7]라고 붙인 걸 보면, 거울은 알지 몰라도 제 마음속 거울 기능을 차단한 비열한 인간들은 자신의 실상을 알지 못할 것이라고 표나게 외치고 싶었던 듯하다. 무기물인 거울은 아는데 정작 유기체인 인간은 모른다는 이 기막힌 역설과 아이러니는 가치가 전도된 사회를 비웃고 비아냥대고 싶은 시인의 충정과 허탈감에서 비롯되었다고 보기 때문에 그렇다.

---

7) 처음에 '쑥부쟁이'로 했다가 이 제목으로 바꾸었다고 알려왔는데, 시인은 무척 고민한 듯하다. 쑥부쟁이 같은 삶의 시련과 굳은 의지를 표상하게 할지, 자기성찰의 양심을 강조할지 고민 끝에 내린 이 결론은 존재의 이상과 가치를 중시하는 시인의 사회 인식을 알게 한다.

홍정희 시인의 심중에 애끓는 복합 정서로 보면 시적으로 표현된 도저한 자기성찰의 다채로운 심상들의 의미와 가치는 절로 높아진다. 세상만사 보고 느끼는 것들, 혼자만 알고 침묵하기 어렵거나 독자와 함께 마음에 새기고 싶은 사안들을 시적 제재로 선택하는 일반적 인식에 따를 때 분명 그의 시에 짙게 드리운 그 빛깔은 자기를 넘어 조잡스럽고 번거로운 세상에 던지는 절박한 호소일 수 있다. 그래서 나는 시인으로서 그의 신념과 열정에 큰 박수를 보내는 심정으로 그의 시편들에서 마음이 끌리는 작품들을 분석하여 그 주된 흐름을 따라가 보았다.

그 결과, 홍정희 시인은 시적 형식에 대해 매우 깐깐한 자세를 보여준다. 형식적으로 모든 작품을 시상에 따라 자연스레 연을 나눈 자유시 형식으로 짓고, 각 연의 종결 구절마다 꼼꼼하게 마침표를 사용한 점, 대체로 간결하게 시상을 표현한 집념 등에서 그 점을 확인할 수 있다. 그리고 시상을 전개하는 과정에서 주로 자기 경험과 성찰에서 반추한 듯한 제재를 선택하고 상상력을 불어넣어 나름대로 일관성을 지키려 애쓴 창작 버릇도 마찬가지다. 또한 일상적 사유를 표현한 시와 특정 신앙심을 반영한 시를 구분한 편집 형태도 별반 다르지 않다. 어떤 시인들은 아예 신앙시집이라는 이름으로 펴내기도 하고, 또 어떤 시인은 일상성과 신앙심을 구분하지 않고 모호하게 넘어가기도 하는 것을 본 내 경험에 비추면 시심과 신앙심을 구분한 자세는 순정한 그의 시혼을 잘 보여준다.

한편, 홍정희 시인이 주로 노래한 '자기성찰'에 관한 다양한 표현에서 가장 인상 깊게 와닿는 내용은 자연에서 많은 지혜를 얻어 현실적 고민과 번뇌로 인해 촉발되는 아픔과 슬픔을 위무하려 한 점이다. 궁극적으로는 인간 역시 자연의 한 부분일진대 자연의 섭리에 포섭되려는 시인의 인식과 노력은 지당한 일이다. "꽃이 져야 열매를 맺으니/어찌 지기를 마다하겠는가."(「세월 지난 뒤」)라며 피고 짐의 이치를 하나의 과정으로 겸허히 받아들이고, "메밀꽃 인생이 그러하듯/나 또한 무리에 끼어 살아갈 뿐."(「메밀꽃밭에서」)이라며 사람 사이에서 고립되거나 소외되지 않고 사회적 존재로서 함께 어우러져 살아야 한다는 삶의 지혜를 메밀꽃에 빗대어 담담히 풀어내는 자세, 그리고 "사람이 가는 길/하늘이 가는 길/안개 이슬 가려진 갈림길에 서서"(「그러나 희망은 있다」) 과연 어느 길로 가야만 자아실현의 참된 결실에 이를지 고민하고 탐색하는 모습 들에서 우리는 시인으로서 존재론적 회의를 거듭하는 그의 치열한 시혼을 감지할 수 있다. 끝으로, 자기성찰로 거둔 참사랑의 씨앗[核]이 담긴 이 시집이 독자에게 맑은 거울로 작용하여 세상을 더 푸르고 무성하게 색칠하는 튼실한 싹으로 자라나기를 기원하며, 숨차게 달려온 나의 탐방기를 맺는다.♣

남기고 싶은 말

시와함께(Along with Poetry) 시인선 031

홍정희 시집

거울은 알고 있을 거야

발　행　2024년 5월 24일

지은이　홍정희

펴낸이　양소망

펴낸곳　도서출판 넓은마루

주　소　(03132) 서울특별시 종로구 삼일대로 30길21, 410호(낙원동, 종로오피스텔)

전　화　02-747-9897, 010-7513-8838

이메일　withpoem9@daum.net

출판등록　제2019호-000100호

인쇄 · 제본　(주)지엔피링크

ISBN 979-11-90962-39-1(04810) 979-11-90962-04-9 (세트)

값 12,000원